문학과지성 시인선 **466**

그림자에
불타다

정현종 시집

문학과지성사

문학과지성사에서 펴낸 정현종의 시집

나는 별아저씨(1978)

떨어져도 튀는 공처럼(1984)

한 꽃송이(1992)

세상의 나무들(1995)

갈증이며 샘물인(1999)

광휘의 속삭임(2008)

견딜 수 없네(2013, 시인선 R)

사랑할 시간이 많지 않다(2018, 시인신 R)

어디선가 눈물은 발원하여(2022)

정현종 시전집(1999, 전집)

문학과지성 시인선 466

그림자에 불타다

제1판 제1쇄 2015년 4월 20일

제1판 제6쇄 2023년 4월 26일

지 은 이 정현종

펴 낸 이 이광호

펴 낸 곳 ㈜**문학과지성사**

등록번호 제1993-000098호

주   소 04034 서울 마포구 잔다리로7길 18(서교동 377-20)

전   화 02)338-7224

팩   스 02)323-4180(편집) 02)338-7221(영업)

전자우편 moonji@moonji.com

홈페이지 www.moonji.com

ISBN 978-89-320-2749-4 03810

이 도서의 국립중앙도서관 출판예정도서목록(CIP)은 서지정보유통지원시스템 홈페이지
(http://seoji.nl.go.kr)와 국가자료공동목록시스템(http://www.nl.go.kr/kolisnet)에서
이용하실 수 있습니다. (CIP제어번호: CIP2015010661)

문학과지성 시인선 466

그림자에 불타다

정현종

2015

시인의 말

오랜만에 시집을 낸다.
분량도 분량이지만, 서둘러 내고 싶은 생각이 없었다.
세 시집을 주위 사람들에게 한 권씩 줄 생각을 하니 즐겁다.

2015년 봄
정현종

그림자에 불타다

차례

시인의 말

이게 무슨 시간입니까.
마악 피어나려고 하는
꽃송이,
그 위에 앉아 있는 지금,
공기 중에 열이 가득합니다,
마악 피어나려는 시간의
열,
꽃송이 한가운데,
이게 무슨 시간입니까.
　　　—「이게 무슨 시간입니까」 전문

이 느림은

이 느림은,
'진짜'에 이르기 어려워
그건 정말 어려워
미루고 망설이는 모습인데
앎과 느낌과 표정이
얼마나 진짜인지에 민감할수록
더더욱 느려지는 이 느림은……

산길에서

여기가 어디지?
모든 곳이지.
바람이 불어
무한 속에,
위에는 하늘,
여기가 모든 곳이지.

허파는 하늘 속에
심장은 흙 속에
벌써
꾀꼬리를 비롯
새들의 지저귐,
귀에 쇄도하는
낙원들
나무껍질을 만지며
만지며
다시 걸어가네
바람 속에,

하늘 속에,
여기가 모든 곳이지.

지난 발자국

지난 하루를 되짚어
내 발자국을 따라가노라면
사고(思考)의 힘줄이 길을 열고
느낌은 깊어져 강을 이룬다──깊어지지 않으면
시간이 아니고, 마음이 아니니.
되돌아보는 일의 귀중함이여
마음은 싹튼다 조용한 시간이여.

이끼를 연주하다

이끼를 다섯 손가락으로 만진다.
이건 만지는 게 아니다.
연주하는 것이다.
이끼를 연주한다.
따뜻하여, 이건 지심(地心)이 올라오는 것이거나
태양의 전기장판,
보드라워, 자연 자신의 뺨을
파랗게 공기에 대고 있으니,
그 따뜻함과 보드라움에 겨워 내
다섯 손가락은 이끼를 연주한다.
(옆에서는 새들의 반주와
상수리나무 껍질의 추임새.
바람은 산수유꽃을 지나면서 그
향기에 고만 어지러워
천지를 관능으로 휘젓고 있거니와)

인사

모든 인사는 시이다.
그것이
반갑고
정답고
맑은 것이라면.

실은
시가
세상일들과
사물과
마음들에
인사를 건네는 것이라면
모든 시는 인사이다.

인사 없이는
마음이 없고
뜻도 정다움도 없듯이
시 없이는

뜻하는 바
아무런 눈짓도 없고
맑은 진행도 없다.
세상일들
꽃피지 않는다.

그래서 즐거웠는지

가을에 연중행사처럼 하는 일을 하러 가면서
작년 이맘때도 요만큼 쌀쌀했었나
하는 생각이 들면서 문득 즐거웠는지,
여전히 살아 있는 감각 때문에 즐거웠는지,
다시 찾아 입은 옷이 즐거웠는지,
모든 흐름의 적막한 내밀(內密)이 즐거웠는지……

다시 노래하자면
기온이 열어젖히는 무한이 즐거웠는지,
촉감의 그지없는 확실함이 즐거웠는지,
반복과 변화의 터치가 즐거웠는지……

보석의 꿈 1

1

보석 전시회에 갔지.
어두운 방들
진열장 속
집중 조사(照射) 아래
보석 장신구
보석 휴대품들이 놓여 있었어.
다이아몬드, 사파이어, 루비, 진주, 에메랄드,
오닉스, 오팔, 문스톤, 가닛, 토파즈,
금, 은, 백금, 수정, 칠보, 라피스라줄리······
원석이었다면
어두운 방들은 더욱
땅속이었겠지.
나는 토행손(土行孫)*처럼
보석들이 반짝반짝
또 다른 하늘을 만들어놓고 있는
땅속을 걸어다녔겠지.

하여간 나는 빛이 열어놓은 색이
장엄한 무한 속을
헤매었지, 겨우 숨을 쉬며.

2

내 숨결이 거칠어지기도 했어.
그 장신구들로 치장했을 여자들의
유령 때문에,
그 가슴과 팔과 목과 허리의
살결 때문에,
어두운 방에 가득한
오, 그림자의 향기 때문에,
불쑥 나타나
속삭이며
터질 듯이 어둠을 부풀리는
그림자—

그 부재(不在)의 더없는 강력함 때문에.

3

전시관을 나왔을 때
기적이 일어났어—
모든 게 보석으로 보였어!
마시고 버린 깡통
플라스틱 병, 종이컵……
나는 놀랐고
미소가 지나가는 듯하였는데—
눈동자가 보석으로 바뀐 것이었어!

* 중국의 신마소설 『봉신연의(封神演義)』에 나오는 호걸로, 토둔
(土遁)이라는 신기(神技)를 갖고 있어 땅속에서 아주 빠른 속도로
잠행할 수 있다.

보석의 꿈 2
―왕쇠똥구리 펜던트

합금 테두리 속에

장석(長石)과 청금석(靑金石) 몸,

역시 장석, 청금석과 홍옥수(紅玉髓) 날개,

스카라베라고도 하는 이 왕쇠똥구리는

쇠똥 속에 알을 낳는데

그건 필경 시드펄seed-pearl―작은 진주알,

진주알이 들어 있는 그 쇠똥을

굴리고 굴려 왕쇠똥구리는

태양의 길을 놓는다―

굴리고 굴려

아침이 오고 저녁이 저무느니.

하늘을 건너가는 태양의 길과

진주-알 들어 있는 쇠똥을 굴리는

왕쇠똥구리의 길은

똑같이 찬란해,

태양-쇠똥-진주-왕쇠똥구리의

불멸의 목걸이를

우리의 지구는 목에 걸고 있느니

쇠똥 속에 홍옥수 붉은 태양이
항상 반쯤 떠오르고 있네. 항상!

보석의 꿈 3
—잠자리 머리 장식

날개에는 당연히
수많은 다이아몬드다—
먼 옛날
금강석에 잠자리 날개가
스며들었으므로.
보석들은 그리하여
지구의 날개가 되었다.

머리에 꽂으면
머리가 바로 보석-천체!
황금 더듬이는
은하를 감촉하는 것이겠으나,
무엇보다도 금강석 날개여
그 망상(網狀) 시맥(翅脈)에
우리의 길을 이을 수 있었으면……

보석의 꿈 4
―꿀벌 브로치

날개는 여러 다이아몬드
눈은 루비
가슴은 한 덩어리 금강석
배는 진주……

다이아몬드는
지구의 날개,
날개는 또한 빛이니
제일 귀한 보석의
공명(共鳴)……

또
한 덩어리 금강석으로 된
가슴은
어디 있는가.

한 비전

선운사 도솔암 마애불 배꼽
그 구녕 속에는
실물대(實物大) 호랑이 가죽에
석필(石筆)로 쓴 한 비전(秘傳)이 들어 있는데
옛날에 그걸 꺼내 본 사람이 어떤 귀에다
그 내용을 입김으로 불어넣어 주었습니다.

시를 쓴다는 사람이
오로지 저 자신에게만 관심이 있고,
일견 그럴듯해 보이는 작품이 대부분,
거기 들어 있는 감정이며
알량한 앎이며가 대부분
실은 자기 과시에 지나지 않는(!)
그런 시인은 시인이 아니다.
그런 사람이 만일 자의에 타의 뇌동으로
시인 행세를 한다면
그건 머리끝에서 발끝까지
가짜 시인이니라.

샘을 기리는 노래

어린 시절
뒷산 기슭에서
소리 없이 솟아나던 샘물은
지금도 기억 속에서,
내 동공 속에서,
솟아나고 있어요.
그때와 똑같이
작은 궁륭 모양으로
솟아나고 있어요.
지상의 모든 숨어 있는 샘들을
계시한
그 신비의 샘은
또한 마음을 샘솟게 하는
신비.
어린 시절 뒷산 기슭에서
소리 없이 솟아나던 샘물,
내 마음에 샘솟는,
오 마음이 샘솟는 원천!

글쓰기의 무위
—모리스 블랑쇼

1

우수에 잠긴 사실들과 진실들을 둘러싸고
우수에 잠긴 정신—가득 찰수록 텅 비어가는 정
신이
우수에 잠긴 언어—말할수록 텅 비어가는 언어를
말하면서,
기다림과 망각의 숨바꼭질을 글쓰기로 배가(倍加)
하면서……

2

글쓰기의 표류인
작품은
무위의 말
이 울려 퍼지는
공간을

다만
가리킬 뿐이다.

＊ 2연은 블랑쇼의 글 「밝힐 수 없는 공동체」에서 인용한 것인데,
산문을 임의로 분절해서 7행으로 만들었다.

새의 은총

산속
떡갈나무 숲에 앉아
점심을 먹는데
작은 산새가
내 머리에 와서 앉는다.

나는 황홀하고 놀라워
꼼짝 못하고 앉아 있는데
일은 더욱 놀랍게 진행되었다.
새는 머리 위를 옮겨 다니며
머리카락 속 두피를
쪼아대는 것이었다!
(새가 작아서 그런지 아프지 않았다)
나는 하도 재미있고 좋아서
어, 어, 이런, 아이구, 이놈아, 하면서
웃으며 목을 움츠리고 있었다.
그러다가 그 새는 날아갔다.
그러나 곧 다시 와서
똑같은 짓을 했다.

나는 먹던 감자와 떡을 잘게 잘라서
손바닥에 올려놓고 머리 위로 올렸다.
새는 음식도 먹지 않고
내 머리만 또 여기저기 쪼았다.
그러다 날아갔는데
또 왔다, 세번째.
역시 똑같은 짓을 하다가
이번에는 머리를 넘어 앞쪽으로 오더니
꼭 벌새가 꽃에서 꿀을 빨 때 하듯이
바로 눈앞에서 날갯짓을 하는 것이었다!
나는 혹시 눈을 쫄까 봐
손으로 두 눈을 가렸다.
그러자 새는 날아가버렸다.

나는 한동안
무슨 이런 은총이!
속으로 되뇌면서
앉아 있었다.

여행의 마약

여행을 가면
가는 곳마다 거기서
나는 사라졌느니.
얼마나 많은 나는
여행지에서 사라졌느냐.
거기
풍경의 마약
집들과 골목의 마약
다른 하늘의 마약,
그 낯선 시간과 공간
그 모든 처음의 마약에 취해
나는 사라졌느냐.
얼마나 많은 나는
그 첫사랑 속으로
사라졌느냐.

이뻐 보이려고
── 꿈에 관한 명상

이뻐 보이려고 나는
썩은 연두색 바지에다
진회색 재킷을 입었다.
필경
많은 걸 잃었기 때문일 것이다.
얻기도 하였겠으나
더 많이 잃었기 때문일 것이다.
(그게 인생의 공식이니까)
말을 조금 바꾸어
아마
꿈이 있기 때문일 것이다.
한없이 가난하고 서툴다고 하더라도
꿈이 있기 때문일 것이다.
연두색으로 물든 시간이 벌써
(말하자면 순식간에)
퇴적층이 된다고 하더라도,
꿈속에서는 또
거기서 화석 나비가 날아오르느니.

시간의 그늘

시간은 항상
그늘이 깊다.
그 움직임이 늘
저녁 어스름처럼
비밀스러워
그늘은
더욱 깊어진다.
시간의 그림자는 그리하여
그늘의 협곡
그늘의 단층을 이루고,
거기서는
희미한 발소리 같은 것
희미한 숨결 같은 것의
화석(化石)이 붐빈다.
시간의 그늘의
심원한 협곡,
살고 죽는 움직임들의
그림자,

끝없이 다시 태어나는(!)
화석 그림자.

시선을 기리는 노래

멀리 있는 것이 없다면 우리가 어떻게 가까이 있는 것과 살 수 있겠는가.

바라보는 저 너머가 없다면 우리가 어떻게 여기서 살 수 있겠는가

멀리서 우리의 시선을 끌어당기는 공간이여,
시선은 멀수록 좋아해 날개를 달고,
시선에는 실은 끝이 없으며,
시선은 항상 무한 속에 있는 것이거니.

여기 있으면서 항상 다른 데에도 있을 수 있게 하는 시선이여.

움직이지 않지만 항상 떠날 수 있게 하는 시선이여.

오 눈보다 앞서 있는
먼 공간의 시원함이여.

그러나 시선 속에는 이미
무한이 들어 있는 것이어니.

황금태

―남북의 모든 이에게 평화의 씨앗 DMZ 노래를 바침

이슈와라에 들어 있는 '덮는 힘'으로부터 이제
'변화시키는 힘'이 나왔다. 그것은 세 속성들 중에
동성(動性)의 작용으로 생겨난 '자각'으로 인한
것이었다. 이것에 투영된 것은 황금태(黃金胎)의
의식(意識)이었다. 그 의식은 자각을 가진 것이었으며
그 모습을 드러내기도 드러내지 않기도 하는 것이었다.
―파잉갈라 우파니샤드

그렇다, 거기 DMZ에서
황금보(黃金洑)를 보는 순간
아, 저거다! 저건
평화를 낳을 양수(羊水)다!라는 느낌이
전류처럼 지나갔다.
그래서 '황금보'다!

DMZ,
한반도의 크나큰 상처,
유기체를 괴롭히는
막힌 혈관,
산몸을 그 몸의 주인들 스스로

독살하고 있는,
어린애가 봐도 우습기 짝이 없는
어리석음,
비할 데 없는 불행의
원천.
그러나 그곳에 숨어 있는
황금보.
반도의 북쪽 평강고원에서 발원한 물이
모였다가
철원평야로 흘러드는
저수지,
그 물가의 갈대들은
그 물 위로 모두 고개를 숙여
경배하고 있다—
평화의 예감을 향하여,
평화 속에 나타날 새 나라,
제3의 건국을 숨 쉬고 있는
태아의 예감을 향하여,

그런 예감으로 조용히 긴장해 있는
수면,
우리의 양수를 향하여.

그곳의 새들
동물들
풀과 꽃 들
그 어떤 것도
평화의 꿈 아닌 게 없다—
두루미와 함께 날아오르는 평화의 꿈
고라니, 산양과 함께 뛰는 평화의 꿈
도롱뇽과 함께 헤엄치는 평화의 꿈
갯메꽃과 함께 피어나는 평화의 꿈
황금보에서 목을 축이고
거기 물로 뿌리를 적시는 평화의 꿈,
그리하여
그것들과 함께
새로운 나라

하나 된 나라가 탄생하는 개벽의 꿈……

양수 황금보의 수면이 빛난다,
마침내 꿈틀거리는 자각과도 같이.
양수 황금보의 수면이 빛난다,
그 자각이 낳을 크나큰 탄생의 신호와도 같이.

DMZ
우리의 자각의 원천,
거기서 마침내
우리가 바라는 나라가 태어날
오 황금태여.

장엄 희생
— 한주호 준위의 죽음

이 앎은 무슨 앎인가?
앎 중의 앎이며
아주 희귀한 앎이다.

이 행동은 무슨 행동인가?
행동 중의 행동이며
아주 드문 행동이다.

그건 밥 속에도 없고
옷 속에도 없으면서
밥과 옷을 마련한다.

말〔言語〕은 연옥을 통과하고
눈물은 유일한 정결로 뜨겁게 하는
희귀한, 스스로 있는 마음이여.

그와 대면해서는
우리는 아무것도 아는 게 없고
아무것도 하는 게 없다.

여기도 바다가 있어요!
─젊어서 죽은 해군 장병들의 꿈을 위하여

순직한 46명의 장병들한테서
한 소식이 왔다─
와 보니까 여기도 바다가 있어요!

오호라 피에 물든
그대들 젊은 꿈의 도가니.
그러나 지금은
아직 피 묻지 않은 바다를
그대들 눈꺼풀 속에 넣는다.
마흔여섯 명의 이름을
하나씩 호명하며,
아직 피 묻지 않은 바다를
그대들 눈꺼풀 속에 넣는다.

그 사이에

순간에서 순간으로 넘어가는
그 사이에
협곡이 있고
산맥이 있다.
이 순간에서
저 순간으로
넘어가는
그 사이에
그림자들,
무거워, 한숨과도 같고
가벼워, 웃음과도 같은
그림자들.
꽃이 피면 같이 웃고
꽃이 지면 같이 우는
그림자들.

저녁 시간

저녁 시간이
황혼에 기댄다.

저녁 시간에도 황혼에도
피가 흘러,
기대는 순식간에도 피가 흘러,
말하건대
흘러가는 것들의 한숨에
피가 흘러……

음악에게
—어떤 연주회에서의 낭독

'음악'이라고 발음하자
두 발이 땅에서 조금 떠오른다.

음악, 공기의 정령,
귀로 들어오면
심장의 고동은 울린다.
꽃피는 템포로
웃는 리듬으로.

(더구나 이 소음으로 가득 찬 세상에서)
음악이여, 너는
청각이 괴롭지 않고
숨쉬기는 한결 편하게 하여
기쁘거나 슬프거나
이마를 높이 쳐들게 하는 에너지이리,
네가 만일
자연과 영혼의 소리의 정화(精華)라며는……

다시
너와 함께 내 두 발은
조금 떠오르느니!

고비

고비는
넘어가는 것이다.

아침은 (행여나)
나를 고비로
밝고,
저녁은 흔히
나의 고비로
어두워진다.

모든 고비들은 숨을 쉰다.

그 숨결은 모두
애틋하다.

시간은 항상 거처가 없고
모든 움직임은 우수의 그림자.

고비를 넘겨야 한다지만,
넘어가도 무저갱(無底坑)을
춤춰야 하지만,

춤 그것도 물론 증발하고
애틋함만 영원하여,
그것도 남몰래 영원하여
지평선을 이룬다.

왕후들이 보내주는 햇빛
—즉흥시 1

선릉 언덕이 보이는
커피집, 겨울 오후,
날이 맑아
햇빛도 밝은데,
이 능이 옛 왕후들의 능이라니
이 햇빛은 필경
그 왕후들이 보내주는 것이었다.
물론 또한
언덕과, 그 비탈의
몇 그루 소나무가 보내주는 것이기도 하지만
저 햇빛은 분명
왕후들이 보내주는 것이었다.

적막

떠나는 것들은 모두
적막을 남긴다.
한동안은 한동안의 적막
영원히는 영원의 적막
적막은 시간의 알맹이
적막은 공간의 알맹이
알맹이 중의 알맹이

(가령 내가 내 방을 떠날 때도
뒤에 남는 적막은
깊고 가없다)

빛공장 방사광에 부쳐
―포항공대 '빛공장' 방문기

빛의 속도에 가깝게 움직이는 전자가
자기장에서 휘어질 때 빙출하는
인공 빛 방사광은
그 밝기가 태양의 수억 배.
우리 눈으로 볼 수 없는
미시세계와 거시세계를 볼 수 있는
광선이랍니다.
그 빛을 만들어내는 방사광 가속기는
고휘도(高輝度) 광원(光源),
세포나 분자, 원자의 구조를 관찰할 수 있어
의학, 생물학, 화학, 생명공학, 나노과학 등에
활용되고 있다는데,
하여간 이 빛공장 방사광의 빛은
우리가 보는 것이 보는 게 아니며
우리가 아는 것이 아는 게 아니라는
매운 깨달음을 얻게 해
눈 있는 영혼을 놀라게 하면서
(보이거나 보이지 않거나 간에)

사물의 깊이와 넓이의 무한

그 초입(初入)에 우리를 세워놓는 것이었습니다.

(흐린 불빛의 미덕은 또 다른 이야기이구요)

석탑의 공기

국립박물관 정원
특히 남계원 7층석탑은
날아오르고 있는데요,
나는 듯이 살짝 올라간
스물여덟 개의 모서리로
높이높이 날아오르고 있는데요,
그 옆
쌍사자 석등이
뻥 뚫린 화창(火窓)으로
그 무궁 비상을 비추고 있는데요……
(아 가뿐해라)

기분이 좋다는 것이다

여기 있으면서 내가
사방 여기저기 있다⋯⋯
기분이 좋다는 것이다.
동시에 울진에도 있고
북극에도 있고
목포에도 있으며
실스마리아에도 있다⋯⋯
기분이 좋다는 것이다.
환(幻) 흐름은 절정이어서
온갖 형상을 살고
온갖 신화를 산다⋯⋯
기분이 좋다는 것이다.
잔치할 일도 없는데
잔칫상을 받고 앉아 있다.

석양 신비

국립박물관 정원을 걷고 있는데
누가 뒤에서
나를 보고 있는 듯하여
돌아보았더니
석양빛을 받은 석불(石佛)이
환하게 살아나
미소 지으며
나를 보고 있는 것이었습니다!
석양이 그분의 얼굴을 비추어
(여러 조건에서 때마침!)
함빡 전적으로 조명하여
그런 일을 저지르고 있는 것이었습니다.

준비

우리는 준비 없이 온다―
욕망은 준비 없이 움직이므로.
시작이 그러했듯이
평생의 일들은 한 번도
제대로 준비된 적이 없다.
물론 또한
경황없이 떠날 것이다.

연애

연애야
내 잠을 깨워다오.
모든 잠을,
손가락의 잠
머리의 잠
사지의 잠,
하여간에
온몸을 깨워
대지는 구르고
시간은 부화하고
장소들은 생생하여
온몸이 샘솟게 해다오.
연애야.
기도와 명상
지적 모험들이 으레
무슨 잠인지를 또한 깨운다 한다마는,
연애야
네 속에서 발효하는 명상

네가 조각하는 기도
네가 숨 쉬는 모험만큼은
생생하지 않느니.

다만 그런 사랑은 드물고 드물어
흔히 유예의 그늘 속에 서성이지만,
어떻든 너는
샘솟는 각성,
비할 데 없이
샘솟는
각성 아니냐.

그 마음 그립습니다
— 대산문화재단 창립 20주년을 기념하며 문학을 기리
는 노래

사춘기 소년에게

보름달이

우윳빛 물안개 스미듯

온몸에 스며들어

몸을 빵빵하게 부풀렸듯이,

문학 작품 또한

그때부터 무슨 마약류 몽환의

다른 세상을 열어놓고

여기가 아니라고

거기가 아니라고

저기, 저기라고 소매를 끌어

어떻든

세계의 무한에 맛 들이게 했던 것인데요,

다름 아니라 우리가 잃어버린

마음의 본래,

찾았다고 외칠 수 없는,

아무래도 그러기는 힘든,

본래 마음의 머나먼 메아리,
꿈길밖에 길이 없는 그
메아리에 홀렸던 것이겠는데요,

그게 그러니까
다른 예술들과 더불어 문학이
가상의 니스칠, 환상의 가락으로
이 누추한 사람 세상을 그나마
격상시키려 하므로
마음의 그런 움직임에 이끌리는
마음들이 이렇게 모여
풀잎을 또 엮어보려는 것이겠는데요,

어떻든 그 본래 마음이란
이 세계가 그 속에서 숨 쉬는 마음,
세계가 숨 쉬려고 오는 마음일 터이니,
그 마음 모두의 부적이 되도록
그렇게 되도록

잘 그리고자 하는 사람들이 모였습니다.

그 마음 그립습니다.

자기를 빨아가지고

자기를 빨아가지고
말려가지고
나온 듯하였다.
초면이었다.
햇빛 속에 아침놀이 번졌다.
봄이 지났는데 어쩐 봄바람.
초로(草露)로 태양을 샤워시킬 수도 있을 것 같
았다.

어떤 풍경

옥호가 '가보자 끝까지'이다.
조개, 장어를 파는 식당.
강릉문화원 근처.
조개를 먹는 일
장어를 먹는 일이
끝까지 가는 것임을 처음 알았다(!)

그 식당 앞에 노인이
정물처럼 앉아 있다.
저 평상은 저 노인의 끝일까.
어떻든지 간에
거기 노인이 앉아 있지 않으면
그 풍경은 말짱 꽝이라는 건 틀림이 없다.
노인이 풍경을 살려놓고 있다—
노인은 끝내 꽃피었다.

풍탁

절 추녀 밑이나
석탑 지붕돌 아래 매달아
장식하는 풍탁(風鐸) 안에는
그의 혀〔風鐸舌〕가 있는데요,
이 혀는 바람이 불면
맑은 소리를 내는데요,
내가 가까이 가니 세상없는
맑은 소리를 내는 것이었습니다.
필경 내 맑은 바람기 때문인 듯하였습니다.

찬미 얀 아르튀스 베르트랑

얀 아르튀스 베르트랑
「하늘에서 본 지구」 사신작가.
마음이 급해 먼저 말하거니와
그는 성자이다, 액면 그대로.
그가 헬리콥터를 타고 다니면서 찍은 사진은
멀리서, 기계가, 찍은 게 아니다.
지구의 곳곳을 손으로 어루만진 것이다—
무엇보다도
지구의 상처를 어루만진다—
하늘의 눈만이 보여주는
지구와 인간의 삶
잊힌 것들을 발굴하고,
마음을 다해 보지 않으면 보이지 않는
지상의 모습들을 기억하게 하고,
지구의 수많은 얼굴을 초상화 찍은
지구 초상화 작가
얀 아르튀스 베르트랑—
또 사진의 현장을 찾아가

지구의 건강을 위해 노력하는 사람들을 만나
질문하고 이야기를 듣는 그의 얼굴,
더없이 참된 그 표정과 태도는,
마음으로 찍은 작품과 함께,
가이아 여신으로 하여금
그를 시성(諡聖)하게 했느니—
성 얀 아르튀스 베르트랑!

촉매

내 속에 들어 있는 말을
즉시 발효시켜
술술 나오게 하는
촉매와도 같은
사람이 있다.
누룩곰팡이와도 같이
인류의 전(全) 시간을 발효시키고
그 숨 쉬는 공기를 발효시키며
그리하여
말을 춤추게 하는 영혼—
다만 그런 영혼은 아주 드문데
그건 우리의 사회생활에서
기쁨이 아주 드물다는 것과 일치한다.

돌배꽃

키도 후리후리한
돌배나무 위
그 높은 가지에
하이얀 돌배꽃이 피어,
피어도 귀신처럼 피어,
바람도 햇빛도 내 마음도
모두 제 보금자리 삼았습니다.
삼아도 찬탄을 다해
보금자리 삼았습니다.

아, 시간

1

시간에는
털이 나고
곰팡이도 피며
그리하여
털의 운명과
곰팡이의 운명이라는
쌍두마차를 타고
나부끼며
흘러가기도 한다.

2

시간은
네 발 달린 짐승이기도 하고
한 그루 나무이기도 하다.

그리하여
짐승의 운명과
나무의 운명이라는
한 그릇 짬뽕으로
매콤 심심하게
굴러가기도 한다.

3

시간은
모든 형상이고
모든 소리이기도 하다.
형상 중에는 구릉 같은 게
제일이고
소리 중에는
고요가 제일인데,
한없이 부드러운 것과

한없이 빈 것보다 더
좋은 것은 없기 때문이다.

4

모든 순간들은
깊은 산에 숨어 있는
샘물,
그
마르지 않는 신비는
그걸 듣고
보고
온몸으로 느끼는 영혼을
한없이 조용히 솟는
힘으로
또 다른
상승의 원천으로 만드는

신비.

5

태초에 폭발이 있었던 게 아니다.
모든 태초가 폭발이다.
태초는 단 한 번 있었던 게 아니며
과거가 아니다.
태초는 무수히 많으며
항상 현재진행형이다.
한 걸음 한 걸음이
태초이다.
숨 쉴 때마다
태초가 숨 쉰다.

그림자에 불타다

1

버스 타고
근동(近東) 지방을 구불구불 가다가
드넓은 밀밭을 검게 태운
구름 그림자를 보았다.
구름 그림자에 타서! 대지는
여기저기 검게 그을려 있었다.

2

욕망-구름 그림자
마음-구름 그림자
몸-구름 그림자에
일생은 그을려,
너-구름 그림자
나-구름 그림자

그-구름 그림자에
세계는 검게 그을려—

3

그 모든 너울을 걷어낸 뒤의
구름 자체를 나는 좋아하고
그리고
은유로서의 그림자에 불타는 바이오나—

세상의 모든 색깔로
—다시 술타령

술이 들어가니
얼굴들이 불그레,
아침놀이든 저녁놀이든
노을빛으로 물들어
안면우주설을 완성하고,
모든 시작을 시작하고
모든 끝을 끝내면서
시간이 사라지는
그런 일면(一面)을 완성하고,
무엇보다도
세상의 모든 색깔로 물들어……

이른 봄볕

이른 봄볕 속에
자글자글 붐비는 이것은,
오는 기운이기도 하고
가는 기운이기도 한 이것은,
내 몸을 전면적으로 지나
모든 움트려는 것들의 속내를
그렇지 않아도 환하게 노래하네, 새소리의 속내
와……

이게 무슨 시간입니까

이게 무슨 시간입니까.
마악 피어나려고 하는
꽃송이,
그 위에 앉아 있는 지금,
공기 중에 열이 가득합니다,
마악 피어나려는 시간의
열,
꽃송이 한가운데,
이게 무슨 시간입니까.

에코의 휘파람

움베르토 에코에게 기자가 물었다
닥터 에코라고 부를까요 미스터 에코라고
부를까요?
그는 입을 오무려 휘파람을 불며
"이렇게 불러주시오" 했다.
휘파람 하나로
제도가 호도하기도 할
과장과 허영과 허위와 미신을
벗어나게 하는
유쾌한 인물이 세상에
드물게는 있느니……

허공의 속알을 손에 쥐다

이른 봄날 청계산에서 새들에게 먹이를 준다. 점심으로 가져간 찹쌀빵을 작게 잘라서 땅에 뿌려놓았다. 조금 있다가 산새들이 와서 쪼았으나 조각이 좀 큰 듯, 물었다 놓기를 반복했다. 나는 그 조각들을 다시 더 잘게 잘라서 이번에는 내 손바닥 위에 놓고 손을 높이 들어올렸다. 즉시 새들이 손바닥에 날아와 앉으면서 동시에 먹이를 물고 갔다. 나는 먹이를 서너 번 올려놓았다. 새들이 먹이를 물고 갈 때마다 내 손바닥에는 새들의 발이 찍혔다.——2013년 봄날의 일기

손바닥에 각인된
한없이 기분 좋은 새 발자국들아,
(세상은 기분이 한없이 좋은 일이
드문 데라는 걸 너희도 알거니와)
손바닥이 느껴
온몸을 흐르면서
깊어져
내 몸을 감각의 보배로 만들면서
법열 속에 있게 하는 새 발자국들아,
왜 그런지 말을 하마,

78

너희들 공기의 정령
창천의 거주자들
너희의 발을 통해
나는 허공의 속알을 손에 쥐었느니,
만져볼 수 없는 높이와 넓이
만져볼 수 없는 저 무한의
속알을 나는 손에 쥐어보았느니!
손바닥에 박혀버렸느니!

밤바다 항해

매트리스를 깔고 잔다.
매트리스는
밤바다를 항해하는 배 같다.
밤바다는 어둡고 멀다.
그 끝 모를 심연을
키를 잡을 수도 없는 잠 속에
매트리스-배에 몸을 맡긴 채
기약 없이 건너간다.
(보장된 게 아니어서 더 그렇지만)
가서 만일 내일 아침에 닿는다면
그건 기적의 배가 될 것이다.

구름층

맑은 날
언뜻언뜻 푸른 하늘이 보이는
저 구름층은 얼마나 시원한가.
가령 건물의 18층이나 65층에 비해
또 사람 세상의 이런 층 저런 층에 비해
얼마나 가볍고 환한가.
그 가벼움의 높이와
그 환함의 밀도의
폭발적인 시원함에 겨워……

산골짝에 등불 비칠 때
—황재형 화백의 그림에서

어두울 때는
항상
모든 어둠이 거기 수렴되어 있다.
그러할 때
어느 창문에서,
불빛이,
거리를 잴 길 없고
깊이를 알 길 없는
불빛이
보일 때,
어느 초신성(超新星)보다도 더
밀도 있는 빛으로
어두운 우주를 눈 뜨게 하는
불빛이
보일 때,
모든 차가움을 녹이며
모든 따뜻함을 수렴하며
한 불빛이

어느 창문에서

새어 나올 때⋯⋯

꿈이 올라오는 것이었다

구기자차를 잔에 따르고
기리앉은 구기자를 숟가락으로
건져 올리는데
잘츠부르크도 올라오는 게 아닌가!
모차르트를 듣고 있었다고는 하더라도
구기자를 건져 올리는데
아직 못 가본 그곳도 올라오는 것이었다.
다시 말하여
꿈이 올라오는 것이었다.
가족의 우울을 감싸면서
꿈이 올라오는 것이었다.
어제와 오늘의 불행을 감싸면서
꿈이 피어오르는 것이었다.

모든 말은요

모든 말은요
마치 그 말이 전부인 듯이
마치 그 말이 실상인 듯이
말할 수밖에 없다는 게 본질적인 약점입니다.
말은 어떻든
끊어져야 하니까 그렇기도 하겠지요만……
(그 말 바깥의 빛과 그리고
그림자는
무간지옥과
배꼽-수미산을 중심으로
대천세계에 두루 미쳐 있는데 말이지요)
하하,
모든 말의 그러한 치명적인
한계 때문에 우리와
우리 삶의 허상이
차곡차곡 꾸준히
불어나온 것이겠지요만
(표현과 그 즐거움은
또 다른 이야기이구요)

여운-알

여름 한낮 갑자기
무슨 비구름이 광풍과 함께
천지를 캄캄하게 하면서
천둥-번개-벼락
천둥-번개-벼락
이렇게 개벽굿을 하니
나도 덩달아
천둥-번개-벼락
천둥-번개-벼락 쳤습니다만……

지난 뒤의 내 마음에
아, 그 여운 끝이 없어
그 여운 넓고 넓어
광활한 여운-알인 듯
나를 광활하게 감싸
나는 그냥 가만히 있었습니다.
고스란히 보존하려고
고스란히 보존하려고

어디로도 가지 않고
그 알 속에 가만히 있었습니다.
꼼짝도 하지 않았습니다.

찬미 나윤선

재즈 가수 나윤선이
한없이 눈물을 흘린다.
자기의 우상이었고,
우상이며,
우상일 터인
포르투갈 가수 마리아 주앙과
한 무대에 섰다는 데 너무 감격해서.

그 한없이 흘리는 감격의 눈물에 나는
감격해서
왈칵 눈물이 나온다—아,
저렇게 구김살 없는 영혼이 있구나!
사람 세상에서 제일 아름다운 마음인,
드물고 드문
구김살 없는 마음!

〔알량한 유아(唯我)로
질투가 인생관이며

시기가 세계관이고
경쟁이 사회관인 듯한,
그리하여 사는 목적이 오로지
남을 이기기 위한 것이라는 듯
처신하는 사람이 있어서 괴로운
이녁의 저질 분위기 속에서]

자기도 이미 세계적인 재즈 가수인
나윤선이
자기가 흠모하는 재즈 가수와 한 무대에
섰다고 감격해서 눈물을 펑펑 쏟고 있는 걸 보는
감격이라니!

저런 게 바로 천진(天眞)이니
구김살 같은 건 생길 틈이 전무해 보이는
너무나 이쁜 나윤선!

결핍 쪽으로

창밖으로 보이는 지붕
비스듬히 내려오는 경사를 보며
괜히 슬픔도 비스듬히 흐르구요,
아까 내린 비가 조금씩 마를 때
슬픔도 조금씩 마르는 것이지요만,
하늘빛을 반사하는
집들과 살림살이들,
원래 신성하고 무심한 하늘빛을
반사하는 살림의 기울기는
저 언덕 비탈의 만조(滿潮)와 달라서
항상 무슨 결핍 쪽으로 흐르고 있습니다.
(그걸 꽃답게 하려는
예술도 함께 흐르고 있습니다만)

책상은 살아 있다

오, 인간은 꿈꿀 때 신이며, 생각할 때는 거지이다
　　　　　　　　　　　　　　　　—횔덜린

책상은 살아 있다.

내 책상은 살아 있다.

마음의 그림자들 거기 붐비면서

제 이름을 얻고 또 잃는데,

어떻든 그 획득과 상실의 흐름은,

동시에 얻으며 잃는 그 흐름은,

맞춤 숨결이자 운동이니,

책상 위에 움직이는 그림자들

그 명암의 전음역(全音域)이여,

책상이 둥지인 듯

부화(孵化) 중인 꿈이여,

또한 좋지 않은가

때로 정신은 경이에 꽂혀

풍부함에 겨워 날아오르기도 하느니,

경이에 꽂혀 그 풍부함으로 날아오르기도 하느
니……

새벽 3시에 깨어

새벽 3시에 깨어,
잠이 오지 않아,
일어나 창문을 연다.
센바람이
큰 나무를
솨솨 연주한다.
동네에서 가까운
미 8군 헬리콥터장 하늘에
빨간불이 깜박거린다.
(그렇군)
우리의 시간은 항상
전시(戰時)였다.
이 불행 속에서,
60여 년의 막힌 혈관 속에서
구두선(口頭禪)
'행복'을 이야기한다.
불행은 행복
행복은 불행.

시원하기도 하여라
바람이 나무를 연주하는
쏴쏴 소리.

익어 떨어질 때까지

기다린다, 익어 떨어질 때까지,
만사가 익어 떨어질 때끼지,
(될성부른가)
노래든 사귐이든,
무슨 작은 발성(發聲)이라도
때가 올 때까지,
(게으름 아닌가)
익어
떨어질
때까지.

세상의 영예로운 것에로의 변용*
──시와 시인에 관한 짧은 성찰

정 현 종

사람을 만나 밥도 먹고 술도 한잔하면서 이야기하는 걸 나는 좋아합니다만, 나는 독백이 아니라 서로 주거니 받거니 하는 이야기 방식을 좋아합니다. 그런 형식 중에는 오래된 종교 경전들이나 철학적 대화편들이 있습니다만, 요새도 대담, 인터뷰 같은 것들이 있고, 나는 그런 형식의 대화 읽기를 아주 좋아합니다. 그리고 편지도 주고받는 것이므로 대화의 한 형식이겠지요. 그런데 편지의 독특한 점은 그 내밀성에 있다고 생각합니다. 편지라는 공간에서 마음의 내밀성은, 어떤 방해도 받지 않은

---

* 이 글은 『유심』 2015년 봄호에 "젊은 시인에게 보내는 편지"라는 부제를 달고 발표되었는데, 조금 고쳐서 여기 싣는다. 젊으나 늙으나 더불어 생각해볼 만한 얘깃거리라고 생각한다.

채 넓어지고 깊어집니다. 그 내밀성 속에는 물론 열려 있고 활동적인 친밀감이 들어 있지요.

편지 이야기가 나왔으니, 나의 근황도 이야기할 겸, 내가 작년 여름과 가을에 걸쳐서 읽은 라이너 마리아 릴케의 편지(영역판 두 권) 이야기를 먼저 해보겠습니다. 읽으면서 좋은 대목—어떤 대목은 그냥 좋다기보다는 감탄이 나오는 대목을 몇 군데 같이 읽으면서 시와 시인에 관해 짧은 성찰을 해볼까 해서지요.

아시다시피 릴케는 아마도 당대에 편지를 제일 많이 쓴 사람이 아닐까 합니다. 그의 편지 쓰기는 당시의 통신 사정뿐 아니라 그가 드물게 내적인 인간이었다는 것, 평생 집 없이 유럽 여러 나라를 떠돌며 고독하게 살았다는 것, (물론 후원자들의 환대로 그들의 성(城)이나 저택 또는 호텔 등에 머물렀습니다만) 그의 시인으로서의 천성과 외적 생활세계의 조건이 작용하였으리라 짐작되는 바, 인간과 그의 삶에 다가가고자 하는 사랑의 친화력, 비슷한 얘기지만 대상을 향해 열려 있는 자상하고 민감한 친밀감 같은 것들이 그로 하여금 그렇게 많은 편지를 쓰게 하지 않았을까 짐작해봅니다. 그리고 그러한 천성은 물론 그가 큰 시인이 되게 한 바탕이겠지요. (나는 그의 편지 쓰기가 그의 정신건강에 많이 기여했으리라는 짐작을 합니다. 편지 테라피라고나 할까요.)

그의 편지에서 우리는 놀라운 통찰들을 많이 발견

96

합니다만, 여기서는 그중 몇 가지만 같이 읽어보겠습니다. 나 혼자 읽기에는 너무 아까우니까요. 제1권은 1892~1910년(399쪽)에, 제2권은 1910~1926년(450쪽)까지 씌어진 것입니다. 우선 1904년에 쓴 편지에 이런 말이 있습니다.

실은 자기의 최상의 말 앞에서는 스스로를 걸어 잠그고 고독 속으로 들어가야 해요. 말은 신선해져야 하니까요. 그게 세계의 비밀입니다.

29세의 젊은 시인의 말이라고 하기에는 너무도 놀랍지 않습니까. 말의 비밀, 시의 비밀을 벌써 다 알고 있습니다. 물론 알아듣기 쉽진 않지요. 그리고 그 뜻을 풀어본다고 해도 물론 다 해명이 되는 말도 아닙니다. 그러나 내 나름대로 한번 더듬어보기로 하지요.

자기의 최상의 말 앞에서 스스로를 걸어 잠그고 고독 속으로 들어가야 한다는 말은 아주 많은 것을 생각하게 합니다.

우선 그 '자기의 최상의 말'은 아직 발설되지 않은 말입니다. 무슨 말이 생각났는데 스스로 생각하기에 그게 최상의 말인 것 같아서 미리 흥분한다거나 스스로 도취되어 과대망상으로 정신이 혼몽해진다든지 하여 그걸 발설하는 데 마음이 급해지는 바람에 입 밖에 내면 '진짜 최상의 말'이 되는 기회를 스스로 조기에 박탈하는 셈이다. 그러니 어떤 말이 자기의 최상의 말이라고 생각될 때는 즉시 스스로를 걸어 잠그고 고독 속으로 들어가야 한다…… 왜냐하면 말은 신선해져야 하니까. 그런데 말이 신선해지기 위해서 고독 속으로 들어가야 한다고 할 때 '말은 신선해져야 하니까'라는 말은 또 무슨 의미일까요.

세상에서 우리가 쓰고 있는 말은, 그것이 애용되고 만인이 앵무새처럼 따라하는 말일수록 더 그렇겠지만, 그 의미가 퇴색하고 무력해져서 아무것도 의미하지 않을 뿐만 아니라 거짓과 혼란을 확산시키는 노릇을 하기 십상입니다. 예컨대 과일은 나무에서 따는 순간 썩기 시작하고 물고기는 잡아 올리는 순간 상하기 시작하듯이 말도 발설이 되는 순간 낡아가기 시작합니다. 그러니까 아직 발음되지 않은 말이 제일 신선합니다. 이 당연한 사실을 우리는 흔히 간과하여 서둘러 말하고자 하고 많이 말하고자 합니다. 이것은 물론 권력욕과 명예욕에 관련되어 있습니다만, 서둘러 하는 말과 지나치게 큰 목소리로 하는 말, 정신없는 다변은 흔히 오류와 어리석은 제한을 확산시키게 되겠지요. 싫증과 혐오감을 강화시킵니다.

모든 생명체와 사물도 새로 만들어진 게 신선하듯이 말 또한 새로 태어난 게 신선하겠지요. 그리고 앞에서도

잠깐 비쳤지만, 새로 태어난 말보다 더 신선한 건 아직 태어나지 않은 말일 것입니다. 아직 발굴되지 않은 말, 미래의 말. 그러니까 내 말이 신선하려면 고독이라는 오크통과 침묵이라는 효모가 필요합니다. 아예 그 속으로 들어가 자기를 걸어 잠그라고 릴케는 말합니다. 아무나 되는 일이 아니고 필경 기의 불가능하다 싶을 만큼 어려운 일입니다. 그러나 좋은 시인이 되려면 최소한 그런 마음의 실낱같은 움직임이라도 감지할 수 있어야 하겠지요.

우리가 다 아는 개구즉착(開口卽錯)을 화두로 삼아도 되지 않을까 싶습니다. 위에서 한 이야기와 관련하여서 말이지요.

그리고 마지막에 '그게 세계의 비밀입니다'라고 말할 때 그 세계는 인류의 세계, 정신의 세계, 문학의 세계를 아우르는 것이라고 보고 싶고 '비밀'이라는 말은 생성의 비밀, 상승의 비밀을 포함하고 있지 않을까 합니다.

여담입니다만 나는 '다 알고 있으면서 아무 말도 하지 않고 죽은 사람을 기리는 노래'를 하나 쓰고 싶다는 생각을 해본 적이 있습니다. 언젠가 쓰게 되겠지요.

위에서 생각해본 시인의 말은 좋은 시를 쓰기 위한 중요한 조건, 시가 보석이 될 때까지 기다리는 발효의 조건이라고 할 수 있겠는데요, 그런 과정을 거쳐서 나온 작품은 물론 결국 고전이 될 것입니다. 그와 같은 모태에서 나온 작품은 세월이 지나도 그 빛이 바래지 않을 것이라는 얘기지요.

시인의 편지에는 또 이런 말도 있습니다.

사랑하는 당신, 너무 빨리 느끼지 않는 사람; 그 느낌이 잘 익었을 때에만 느끼는 사람.

앞에서 한 얘기가 말이 잘 익었을 때에만 발설하는 데 대한 것이라면 이번에는 느낌이 잘 익었을 때에만 느끼는 일에 관한 이야기인데, 물론 서로 다른 이야기가 아니라는 건 잘 아실 것입니다. 이 말을 읽는 순간 나는 감탄 속에 마음이 고요해지면서 그냥 가만히 앉아 있었습니다.

군소리가 필요 없습니다. 그걸 그냥 읽으면 됩니다.

이 자리는 시와 시인에 관해 이야기하는 자리이니 주어를 넣어서 다시 읽어보자면 시인은 너무 빨리 느끼지 않는 사람—그 느낌이 잘 익었을 때에만 느끼는 사람이어야 합니다.

다시 편지를 읽어봅니다.

예술이 세상에서 하나를 선택하는 게 아니라 그것(세상)의 영예로운 것으로의 전적인 변용이라고 생각해보지요. 예술이 사물(예외 없이, 모든 사물)에 던지는 경이는

아주 격렬하고, 아주 강하며, 너무나 빛나는 것이어서 대
상이 스스로의 추함이나 타락한 상태를 생각할 시간이 없
습니다.

이 대목엔 무슨 말을 덧붙일 필요가 없겠으나, 다만
되새겨보자면 예술이 세상을 변화시킬 때 그것은 영예
로운 것으로의 전적인 변용이라는 것, 그리고 예술이 사
물에 던지는 경이가 어느 정도인가 하면 그것들이 스스
로의 추함이나 타락한 상태를 생각할 시간이 없을 정도
라는 것입니다!

그런데 물론 사랑할 줄 아는 영혼이라야 그런 일을 할
수 있겠지요. 모든 기적은 사랑의 소산이니까요. 이 나
이에 이르러 내가 느끼는 것은 시 쓰기도 위와 같은 맥락
에서 말하자면 사랑의 실천이다, 라는 것입니다.

다시 말해서 위의 편지는 예술적 사랑, 시적 사랑에
대한 변별적인 규정이라고 할 수 있는데, 시 쓰기도 그
런 활동의 하나라는 말씀이지요.

편지의 한 대목을 더 읽어봅니다.

네, 삶에서 일들은 얼마나 기묘하게 일어나는지요; 그
속 어디엔가 일말의 오만은 없는 것인지, 바깥에 있기를
아주 좋아해서 모든 것과 대면하며, 즉 '일어나는' 모든 것
과 대면하며, 어떤 것도 잃지 않는—; 그럴 때도 그는 여전

히, 아마도 처음으로, 삶의 실제 중심에 붙박여 있을 터인데, 거기는 모든 것이 모이지만 이름이 없습니다―; 그러나 그다음에 이름들―칭호들, 삶의 겉치레들―이 우리를 매혹했습니다. 왜냐하면 전체는 너무도 무한하기 때문이며, 우리는 '누군가' 좋아하는 이름으로 그걸 지칭하며 회복되는데, 그 열렬한 제한만큼 우리를 그릇되게 하고, 잘못을 저지르게 하며, 우리를 죽입니다……

이 대목은 그 뜻이 좀더 분명해지도록 풀어볼 필요가 있을 듯합니다. 바깥에 있기, 일어나는 모든 일과 대면하기, 이름들(칭호들), 삶의 겉치레들은 하나로 묶일 수 있고 그것들과 대조되는 것이 삶의 실제 중심―모든 것이 모이지만 이름이 없는 실제 중심 그리고 전체입니다. 그런데 여기서 주목할 것은 전체는 너무도 무한한데 '누군가' 좋아하는 이름으로 그 전체를 지칭함으로써 그것(무한)을 제한한다는 것이고 그럴 때 그 열렬한 제한은 우리를 그릇되게 하고, 잘못을 저지르게 하며, 우리를 죽인다는 것입니다. 그리고 다시 한 번 주목하고 싶은 말은 '열렬한 제한'입니다. 아, 얼마나 많은 우리의 생각, 주장, 신념 들이 열렬한 제한일까요. 비근한 예로 정치적 언행과 이념적 주장, 모든 이름 붙이기 같은 것들이 있겠는데, 그 제한이 열렬한 것일수록 더욱더 우리를 그릇되게 하고 잘못을 저지르게 하며 우리를 죽인다고

102

할 수 있지 않을까 합니다.

생각해보면 우리는 자기가 만든 것이든 남이 만든 것이든 수많은 제한에 길들여져서 살고 있습니다. 우리의 삶을 그릇된 것, 죽은 것이게 하는 그 제한들에서 자유로울수록 그의 삶은 풍부한 것일 터인데, 얼마나 풍부하냐 하면 '전체'나 '무한'에 이어져 광활하게 풍부한 것이라고 말해볼 수 있겠습니다. 그야말로 자유로운 영혼이지요. 인간의 모습 중에 제일 아름다운 모습.

릴케는 '새로운 것'에 관한 시에서도 이른바 새로운 것을 전체나 무한에 대비하여 말하고 있습니다. 「오르페우스에게 부치는 소네트」 중 한 편입니다.

새로운 것이란, 친구들, 우리의 손일을
기계한테 시키는 게 아니에요.
변화 때문에 혼란해지지 말아요; "새로운 것"이라고
칭송되는 것들이 조만간 그 잘못을 깨닫게 될 거예요.
보건대, **전체**는 케이블이나 높은 아파트보다
무한히 더 새롭습니다.
별들은 오래된 불로 반짝이고 있고,
더 최근의 불은 꺼질 거예요.

가장 길고 강력한 전동(傳動) 장치도
앞으로 있을 기관(機關)을 돌릴 수 없을 거예요.

순간을 가로질러, 무한히 긴 시대들이 서로 이야기합니다.

우리가 경험한 것보다 더 많은 게 지나갔지요.
그리고 미래는 우리가 가장 깊이 원하는 것과
일치하는 가장 먼 사건을 갖고 있습니다.

릴케의 편지 몇 대목을 같이 읽어보았습니다만, 사실 그는 '오래된 불로 반짝이고 있'는 별입니다. 꺼지지 않지요. 그에게 바쳐진 칭송은 많겠지만, 20세기 러시아의 주요 시인 중 하나인 마리나 츠베타예바의 말 몇 마디로 충분하리라 생각됩니다. 릴케, 파스테르나크, 츠베타예바가 서로 주고받은 영역판 서간집에 있습니다. "당신은 미래 시인들의 불가능한 과제입니다. 당신 뒤에 오는 시인은 당신이어야 하니까요, 즉 당신은 새로 태어나야 합니다"라면서 "당신 이후에 아직도 시인에게 할 일이 남아 있습니까"라고까지 말합니다. 파스테르나크는 그의 자서전을 릴케에게 바쳤구요.

*

앞에서 나는 작년 여름과 겨울에 걸쳐 읽은 책 이야기를 했습니다만, 그 무렵 내가 쓴 작품과 관련된 이야기를 해볼까 합니다. 그것은 '우정'과 '구김살'에 관한 것입니다.

릴케의 편지와 관련하여 '시적 사랑'이라는 말을 했지만, 그 문맥에서 보자면 시 쓰기는 사랑의 실천입니다. 그리고 인류(인간), 사회관계 그리고 개인들의 차원에서 친밀하고 조화로운 관계를 꿈꿀 때 우리는 또한 우정이라는 말을 씁니다.

우리는 사춘기 때 대체로 우정지상주의자가 아닌가 합니다. 무슨 우정론 같은 것을 읽지 않더라도 청소년기는 사람의 일생에서 비교적 마음이 순수한 시절이어서 이상적인 우정이 요구하는 덕목들이 저절로 발휘되는 때라고 할 수 있습니다. 그러던 것이 나이 들면서 이런저런 이유로 마음이 옛날 같지 않아 우정이 퇴색한다든지 하면, 그 또한 자연스런 추이라고 하더라도, 쓸쓸해지게 마련이지요. 우정도 또한 꿈이라는 건 틀림이 없는 듯합니다.

그래서 그랬는지, 다시 말하여 꿈이라도 되찾고 싶어서 그랬는지 나는 근년에 우정론을 하나 써야겠다는 야심을 가지고 시작해보려 했으나 아직 쓰지 못하고 있어요.

그런데 환상이야 깨졌든 말든, 모든 사람 모든 세대에게 우정은 항상 현실적인 문제가 아닌가 합니다. 충족이나 불만을 떠나, 밥을 같이 먹고 술을 더불어 마시면서

도 그것은 우리와 함께 살고 있어요.

그런데 내가 아직 우정의 꿈을 버리지 못해서 그런지 우정에 관해서 옛 현인들이 한 말이 마음에 들어 밑줄을 그어놓은 적이 있습니다. 예를 들면 피타고라스의 말. "우정은 사람들 사이에서 존경과 배려를 이끌어낼 뿐만 아니라 행성을 행성과 조화시키고 하늘과 땅을 일치시키면서 우주의 법칙이 이행되게 한다." 그리고 "이보다 더 완벽한 어떤 것은, 사람의 말에서건 삶의 방식에서건 그 어디에서건, 그 누구도 결코 찾지 못할 것이다".

또 플라톤의 대화편 『뤼시스』에서는 필리아를 이렇게 정의하고 있습니다. "서로 호의를 가지고 있고, 상대방이 잘되기를 혹은 훌륭하기를 바라며, 또 그런 호의나 바람이 서로에게 알려져 있는 그런 사람들 간의 관계." 그러면서 그는 세 종류의 필리아를 말합니다. ① 유용성에 기반한 필리아, ② 즐거움이 기반한 필리아, ③ 훌륭함에 기반한 필리아.

그런데 시 역시 우정이 하는 일과 다르지 않다고 나는 생각합니다. 사람 사는 세상이 좀더 살 만한 세상이 되는 데 마음의 차원에서 조금이라도 보탬이 되지 않는다면 시는 과연 무엇일까요.

내가 제일 싫어하는 건 시를 자기과시용 수단으로 사용하는 시인들입니다. 별것도 아닌 자기를, 자기를 너무 모르고 있는 자기를 과시하는 건 무슨 몽매입니까. 그것

만으로도 그런 사람은 가짜 시인입니다. 좋은 시인이라면, 앞에서 읽어본 릴케의 말을 빌려 '세상의 영예로운 것에로의 변용'을 위한 꿈을 자기도 모르는 사이에 갖고 있고 그러한 변용을 위한 효모를 그의 몸속에 지니고 있습니다. 그의 몸은 그러한 변용을 위한 움직이는 효모라는 말씀이지요.

유사 이래 그러한 꿈을 갖고 있었던 사람은 많을 것입니다. 유토피아 담론들, 이상향을 그린 작품들, 크고 작은 공동체운동들…… 피타고라스 공동체도 그러한 꿈의 실현을 위한 노력이었을 거예요. 밥과 공부와 주거와 우정을 동시에 해결하는 공동체에 들어가려면 엄격한 심사를 거쳐야 했다고 하지요. 가족관계, 말과 웃음에 나타나는 어조와 음색, 욕망을 느끼는 대상, 어떤 경우에 기쁨과 슬픔을 느끼는가 등을 물으면서 지원자들의 몸의 자세와 모양과 움직임을 관찰했다고 합니다.

나는 그동안 사람을 평가하는 데 어조와 음색, 목소리의 고저와 속도 등이 대단히 중요하다고 말해왔습니다. 말하는 걸 들으면 그 사람의 거의 모든 걸 알 수 있다고도 했습니다. 거기에 관상, 골상, 두상, 뒤태, 걸음걸이 따위를 보면 더 완전하겠지요. 겪어보셨겠지만 특히 듣기 싫은 어조나 음색을 가진 사람은 사귀기 힘들지 않습니까. 그런 사람은 공동체의 일원이 될 수 없을 터이고 어떻게 합류한다고 하더라도 구성원 전체가 괴롭겠지요.

아주 옛날에 구스타프 야누흐의 『카프카와의 대화』를 읽으면서 종이쪽지에 적어놓은 카프카의 말에 이런 게 있습니다. "인간은 아래에서 위로 자라는 게 아니라 안에서 밖으로 성장하는 법. 이것이 모든 삶의 자유의 근본조건이다. 우리는 우리의 독자적인 세계를 무한한 것보다 더 높게 평가하려고 해, 그 때문에 우리는 만물의 순환을 방해한다."

앞에서 본 릴케의 말과 아주 비슷합니다. 우리의 독자적인 세계를 무한한 것보다 더 높게 평가하려고 함으로써 만물의 순환을 방해한다는 이야기 말이지요. 우리가 사는 세상이 이것밖에 안 되는 이유를 두 사람이 똑같이 진단하고 있어요. 그렇게 느끼고 생각하는 사람, 특히 그러한 통찰을 산 사람이 많지 않기 때문에 만물의 순환이 원활하지 않은 것이겠지요. 우리가 우정이니 그에 바탕을 둔 공동체니 하는 이야기를 하는 것도 만물의 순환이 원활하지 않다고 느끼기 때문이겠고요.

시 쓰기의 궁극적인 가치도 만물의 원활한 순환에 조금이라도 기여하는 것일 터입니다. '만물의 원활한 순환'은 앞에서 본 피타고라스의 우정에 대한 말과 흡사하지만, 내가 시 쓰기를 우정을 위한 실천의 하나라고 말해보는 이유이기도 합니다.

그런데 70여 년을 사는 동안, 무슨 뚜렷한 공동체를

출범시킨 건 아니지만, 우정의 공동체라고 할 수 있는 인간관계가 하나 있는데, 흔히들 사제지간이라고 말하는 관계입니다. 그에 대해 작년에 쓴 신작 시 한 편을 보여드립니다. 이런 산문 속에 발표하는 것도 재미있다고 생각되는군요.

한없이 맑은 친밀감
—사제지간을 기리는 노래

어젯밤 꿈에는
시심(詩心)이 활발하였다.
잘 익은 것도 있고
설익은 듯한 것도 있다.
잘 익은 것 중 하나가
지금 나오는 노래이다.
사제지간을 기리는 노래.
귀중한 것일수록
오래 발효한다

살아본 사람은 알듯이

사람의 일생에서
제일 소중한 것이
흠 없는 사귐이다.
사람 사귀는 일에 어찌
흠이 없을 수 있을까마는
그래도 한껏 그런 사귐이 있다.
선생과 제자.
그 사귐 속에는
알 수 없는 무슨
신비가 들어 있다.
느낌으로만 있고
꼭 집어 말할 수 없으니
신비이다.

생각해본다.
아마 사람 세상의 모든
괴로움의 원인이
거기엔 없기 때문일 것이다.
질투, 시기, 경쟁의식, 비교, 미움……
무엇보다도
거기 어리는 친밀감은
가령 가족 같은 것의 닫힌 본능에서 오는
친밀감과 다르고

또 가령 연애처럼 배타적인 친밀감도 아니고
이상과 달리 균열이 생기는
우정의 친밀감도 아니며
말하자면
한없이 맑은 친밀감—

소년 시절을 물들이는 전설 분위기
청년 시절을 물들이는 꿈의 공기
그런 것들이 평생
식지 않는 꿈의 요새로
끝나지 않는 전설의 샘으로
솟아나고 있는 친밀감……

나는 사제지간을 기리느니
인간관계에서
평생 이런 자산이 어디 있느냐.

위에 노래한 인간관계는 말하자면 '구김살'이 없어서
가능한 것이겠습니다. '구김살'이라는 우리말은, 다 아
는 얘기지만, 온갖 삐뚤어지고 혼탁한 심리적 찌꺼기를
가리킨다고 할 수 있는데, 인간은 다소간에 구김살이 없
을 수 없기 때문에 누구나 대체로 거기서 자유로울 수 없

겠지만, 그래도 한껏 거기서 자유로운 사람을 우리는 아마 '성자'라고 부르지 않나 합니다.

사실 우리가 공부를 하자는 것도 저 마음의 구김살을 덜어내기 위한 처방일 터인데, 그 구김살을 없애기 힘들어서 열심히 마음을 닦지 않으면 그것이 드리우는 그림자를 벗어나기 힘들 것입니다. 그리고 시 쓰기도 물론 그러한 공부의 하나이지요.

그런데 작년 여름인지 나는 TV 채널을 돌리다가 우연히 나윤선이라는 재즈 가수를 찍은 다큐멘터리를 보게 되었습니다. 그는 화면에서 한없이 펑펑 울고 있었는데, 그 이유가 자기의 우상이었던 포르투갈 재즈 가수 마리아 주앙과 자기가 한 무대에 섰다는 데 감격해서 그러는 것이었습니다. 나는 그 모습에 감동해서 즉시 나윤선을 찬미하는 시를 한 편 썼어요(지난 연말에 나윤선 크리스마스 재즈 콘서트가 있었는데, 연주회에 잘 안 가는 사람이 예술의전당에 가서 그를 보고 들었습니다).

재즈 가수 나윤선이
한없이 눈물을 흘린다,
자기의 우상이었고,
우상이며,
우상일 터인
포르투갈 가수 마리아 주앙과

한 무대에 섰다는 데 너무 감격해서.

그 한없이 흘리는 감격의 눈물에 나는
감격해서
왈칵 눈물이 나온다―아,
저렇게 구김살 없는 영혼이 있구나!
사람 세상에서 제일 아름다운 마음인,
드물고 드문
구김살 없는 마음!

〔알량한 유아(唯我)로
질투가 인생관이며
시기가 세계관이고
경쟁이 사회관인 듯한,
그리하여 사는 목적이 오로지
남을 이기기 위한 것이라는 듯
처신하는 사람이 있어서 괴로운
이녁의 저질 분위기 속에서〕

자기도 이미 세계적인 재즈 가수인
나윤선이
자기가 흠모하는 한 재즈 가수와 한 무대에
섰다고 감격해서 눈물을 펑펑 쏟고 있는 걸 보는

감격이라니!

저런 게 바로 천진(天眞)이니
구김살 같은 건 생길 틈이 전무해 보이는,
너무나 이쁜 나윤선!
— 「찬미 나윤선」 전문

　사실 모든 구김살은 앞에서 이야기한 우정 공동체라
든지 시 쓰기 그리고 우리의 사회생활을 포함한 만물의
원활한 순환에 방해가 된다는 것은 말할 필요가 없습
니다.

2015년 새봄